KB093067

뱅뱅

푸른도서관 76

뱅뱅

초판 1쇄 / 2016년 4월 20일
초판 2쇄 / 2017년 10월 30일

지은이/ 김선경
펴낸이/ 신형건
펴낸곳/ (주)푸른책들
등록/ 제321-2008-00155호
주소/ 서울특별시 서초구 양재천로7길 16 푸르니빌딩 (우)06754
전화/ 02-581-0334~5 팩스/ 02-582-0648
이메일/prooni@prooni.com 홈페이지/www.prooni.com
카페/cafe.naver.com/prbm 블로그/blog.naver.com/proonibook

글 ⓒ 김선경, 2016

ISBN 978-89-5798-517-5 04810

＊잘못된 책은 구입한 곳에서 바꾸어 드립니다.
＊이 책 내용의 일부 또는 전부를 재사용하려면 반드시 저작권자와
(주)푸른책들 양측의 서면 동의를 얻어야 합니다.

이 도서의 국립중앙도서관 출판시도서목록(CIP)은 서지정보유통지원시스템 홈페이지(http://seoji.nl.go.kr)와
국가자료공동목록시스템(http://www.nl.go.kr/kolisnet)에서 이용하실 수 있습니다.
(CIP제어번호 : CIP2016003973)

(주)푸른책들은 도서 판매 수익금의 일부를 초록우산 어린이재단에 기부하여
어린이들을 위한 사랑 나눔에 동참합니다.

뱅뱅

김선경 청소년시집

푸른책들

차례

제1부

똥통 속

新 인의예지

아무리 짜증나고 지루한 수업이라도
졸지 않고, 꾹 참고 들어 줄 줄 아는 것
그것을, '인'이라 하고

학교 화장실에서 몰래 담배 피우다 걸렸어도
절대 같이 피운 친구들 이름을 고해바치지 않는 것
그것을, '의'라 한다.

선생님의 갖은 면박과 벌점에도
구김살 없이 공손하게 인사하고 나오는 것
그것을, '예'라 하고

지각에 대해 변명을 할 적에도
보다 다양하고 창의적 버전으로 업그레이드하는 것
그것을, '지'라 한다.

장미단추와 오장욕부

열일곱 이팔청춘들이 소개팅하는 날

내 앞에 앉은 여학생 얼굴을 보니, 이런!

장거리
미녀
단거리
추녀

내 앞에 앉은 남학생 얼굴을 보니, 이런!

오,
장난하나
욕도 못 하고 맘만
부글부글

가방을 뒤집으면

가방을 뒤집으면

'방가', '방가'
짧은 인사말 되어

아침 등굣길

축 처진
친구 어깨를 깨우네.

사이다

코
끝을
톡, 쏘는 듯한
사이다?

아니-

목
끝을
찌르르, 휘감는 듯한
사이다?

아니-

함께 있으면
언제나 가슴 한편이
스르르 따스해 오는

너와 나는
그런,

'사이다'

사이에 두고

교실 창문 하나, 사이에 두고

저 밖은 찬란한 봄
이 안은 혹독한 겨울

중2병

고물 장수 아저씨,
여기 이 병 좀 가져가세요.

얘는 옆집 아이다

사춘기가 되자
맨날 짜증에 신경질 내는 누나
그런 누나가 혹 잘못될까
엄마는 누나에게 퍼부을 잔소리 양을
사춘기 전보다, 이 분의 일
파격적으로 줄였다

누나가 잘못할 때마다 쫓아다니며
따다다다다 쏟아붓던 잔소리 대신

　얘는 옆집 애다
　얘는 옆집 애다
　얘는 옆집 애다

숨 한 번 크게 들이마신 후
이렇게 주문을 왼다.

각도의 중요성

수학 선생님이 말씀하지 않으셔도
알고 있어요, 우리들은

각도가 우리 삶에
얼마나 중요한지

하여 오늘도 잊지 않고
휴대폰 카메라를 향해

나만의 제일 멋지고
예쁜 얼짱 각도를 찾아

찰칵, 찰칵, 찰칵!

그럼 여긴 어디지?

학생이 하라는 공부는 안 하고
쓸데없는 짓들이나 하면서
수업 분위기나 흐리고 말야.

머리 꼬라지 봐라, 이게
학생이냐 뭐냐, 엉?
내 머리에 똥만 들었다
자랑하는 것도 아니고,
아무짝에도 쓸모없는
너희 같은 녀석들을 보고
뭐라는지 알아?

쓰, 레, 기, 라고,

우리를 향해 삿대질하던
선생님을 향해 우린 입 모아
외치고 싶었다.

우리가 쓰레기면,
우리가 몸담고 있는
이 학교는,

쓰레기통! 이냐고.

으르렁

선생님?
엄마?
아빠?

'제2의 EXO'라도
결성하시려고요?

왜 자꾸
저희들만 보면

으르렁 으르렁 으르렁대.
으르렁 으르렁 으르렁대.

똥통 속

올해도 반전 하나 없이
전국 모의고사 순위에서
최하위를 기록한
우리 학교

사람들은 입을 모아 손가락질했다.
'똥통 고등학교'라고
똥통에서 날고 기어 봤자
구더기에 똥파리니
저기 들어가면 인생 뻔―, 하다고

열심히 살아 보겠다고 새벽 일찍 신문 배달을 하는 형식이도
밤마다 열심히 알바 뛰며 홀어머니와 힘겹게 사는 채운이도

졸지에
구더기가 되고 똥파리가 되고
뻔―, 한 인생의 주인공이 된 순간
이었다.

박지마와 박아달라

우리나라 신라 전기의 왕들로

성은 박이요,
이름은 지마와 아달라

합쳐 부르니,
박지마!
박아달라!

그 어떤 역사 속 위대한 인물보다도
그 어떤 역사 속 위대한 업적보다도

혈기 왕성 사춘기 아이들 귀에 탁탁 꽂혀
한 번 들으면 절대 잊어버릴 수 없을 것 같은

저 역사 속
위대한 이름이여!

넌 나보다 나아

"내 눈은 너무 작아
 작은 콩 두 개
 콩콩 (ㅇㅇ)
 가져다 놓은 것 같다니까."

"넌 나보다 나아
 내 눈은 실지렁이 두 마리
 슥슥 (ㅡㅡ)
 지나가는 것 같다니까!"

"너희들 내 앞에서 무슨 말이야!
 내 눈은 볼펜 똥
 콕콕 (. .)
 찍어 놓은 것 같다니까 글쎄."

우리 반, 급훈을 소개합니다

3-1 : 교과서를 갈비처럼
　　　뜯고 씹고 맛보고 즐겨라!

3-2 : 책상은 돌탑 쌓는 곳이 아니다.
　　　그러니, 그 돌 치워라!

3-3 : 침은, 흘리라고 있는 게 아니다.
　　　책 읽을 때, 넘기라고 있는 거다.

3-4 : 서울역에서 놀래?
　　　서울대에서 놀래?

3-5 : 흥부처럼 박 터트리자!
　　　'수능 대박!'

3-6 : 잠을 자면 꿈만 꾸고
　　　공부 하면 꿈을 이룬다.

3-7 : 책을 내 몸과 같이

　　　 책상을 내 분신과 같이

3-8 : 옆집 엄마가 또 자랑하러 온다더라!

3-9 : 서. 술. 형.

　　　 (서울대는 '술맛'도 다르다고 형이 그러더라)

3-10 : 우리 모두 두 날개 활짝 펴고

　　　 sky로 날아가자!

홍벽서

이 혹독한 겨울의 시작에서,

벗으라면 벗지요, 하나뿐인 이 바람막이 잠바
뺏겠다면 드리지요, 목숨과도 같은 이 바람막이 잠바
떨라면 떨지요, 한파에 꽁꽁 얼어붙은 제 작은 몸
입으라면 입지요, 칼바람 앞에 언제나 무용지물인 부직포
보다도 못한 이 동복
내놓으라면 드리지요, 시린 무릎 감싸 줄 무릎 담요마저
용서가 안 된다니

민중은 언제나 헐벗고 배고프고 추운 법
미천한 학생의 신분으로 어찌 높으신 학칙을 거스르겠습니까?
어느 자비로우신 선생님의 넓으신 아량으로
치마 안 '체육복 껴입기'라도
허용이 된다면, 그것은 천운 중의 천운이겠지요.

이 시베리아 찬 기운이 몰고 온 한겨울의 교실에서,

빨리 쓰라면 쓰지요, 그렇지만 냉기로 인한 손 떨림에 느린 필기는 불가항력

조용하라면 조용하지요, 그렇지만 으드득 맞부딪치는 이빨은 의지로 통제가 안 되옵고

집중하라면 집중하지요, 그렇지만 바들바들 오들오들 경기 들린 정신은 이미 강풍에 저 멀리 날아갔으니

민중은 언제나 헐벗고 배고프고 추운 법

미천한 학생의 신분으로 어찌 높으신 학칙을 거스르겠습니까?

만에 하나 저희에게 빼앗은 그것들을 한낱 불쏘시개로 사용 하시겠다면

간헐적 난방에 목이 멘 저희를 필히 불러 주십시오

그 불에라도 저희의 언 몸 녹이고 싶습니다.

이 참을 수 없는 기나긴 북풍한설에서,

지키라면 지키지요, 본디 학생이란 높으신 학칙을 받들어야
하는 몸

　하지 말라면 하지 말지요, 아무리 민원 넣어 봤자 소귀에
경 읽기라면

　마시라면 마시지요, 사약을 마시나 추워서 얼어 죽으나
무엇이 다르겠습니까?

　허나, 소크라테스는 말했습니다. "네 제자의 추위를 알라!"

　빼앗으려는 자와 뺏기지 않으려는 자의 사투가 날마다 벌어지는
각박한 이 겨울 학교 풍경 보다 못해 한마디 올립니다.

이 글을 읽으신 후 혹여 저를 찾고자 하신다면,

찾아보시려거든 찾아보시지요, 참고로 전 겨울만 되면
겨울 왕국 눈의 여왕 촬영지가 되어 버리는
복도 창가 쪽 자리.

커서

커서, 방향에 상관없이 컴퓨터 화면을 자유롭게 이동할 때 쓰는 키

커서, 어른들 입에만 담기면 삶을 한 방향으로 고정할 때 쓰이는 말

커서, 뭐 될래?
커서, 뭐 할래?

여자의 가슴을 우리가 흘낏거리는 이유

국어를 좋아하는 아이는
그 가슴 어느 한 자락에 있을
이 시대 마지막 '시적 의미'를 찾기 위해

수학을 좋아하는 아이는
사이즈와 규격 간의 상관 공식을 이용한
다각도 사고를 하기 위해

영어를 좋아하는 아이는
알파벳 W의 숨겨진
기원을 찾기 위해

사회를 좋아하는 아이는
미래의 식량난을 타파할
근원적 식량원을 탐색하기 위해

과학을 좋아하는 아이는

크기와 무게에 미치는
중력의 힘을 계산하기 위해

역사를 좋아하는 아이는
인류 문명의 발달 속에 미친
모유의 힘! 을 찾아내기 위해

제2부

가물치를 삶아 먹은 날

단수

이상하다.

초등학교 때까지만 해도
쉴 새 없이 콸콸 흘러나왔는데

중학교 입학 후
학년이 올라갈수록
꿈도 희망도
아무리 쥐어짜도
아무리 돌려 봐도

내 안에서
단 한 방울도
흘러나오지 않는다.

열여섯, 내 꿈 탱크가
단수다, 단수!

민들레꽃

제
자리에

꾹,
붙박여 있다고

꿈마저
제자리에
묶일 수 있나?

이 봄,
마음 가득 피워 낸
하이얀 꿈 몽우릴

하나
둘
셋,

발사!

흔들린 우정

기아 체험 후,

오랜 허기 달래려
친구들과 함께
군만두 한 접시
시켜 먹는데

너 하나
나 하나
먹는 사이

덩그러니
접시 위에 남은
마지막 군만두 한 개

내가 먹느냐, 너를 주느냐,
우정의 갈림길

군만두 한 개에 흔들리는
아, 이 치졸한 마음이여!

살아남는 법

여긴 물속이 아닌 물 밖의 세상

한데,

물속보다 더 많은
발버둥을 쳐야
살아남을 수 있다!

동지

선생님은 오늘도
좋은 선생님인 척
연기를 한다.

엄마는 오늘도
좋은 엄마인 척
연기를 한다.

나는 오늘도
좋은 학생인 척
좋은 아들인 척
연기를 한다.

그런 면에서
우린
'동지'
다.

운동장 조회

전체 차렷!

쩌렁쩌렁 운동장에 울리는
선생님의 목소리에 맞춰,

모든 아이들이
꼼짝 못하고
척!

1111111111111111111
1111111111111111111
1111111111111111111
1111111111111111111
1111111111111111111
1111111111111111111
1111111111111111111

수많은 '1'이 된 순간.

양파

단 한 줄의 감동 시구도 없고
단 한 줄의 감동 글귀도 없고
단 한 줄의 감동 문구도 없다.

단 한 편의 감동 이야기도 없고
단 한 편의 감동 장면도 없고
단 한 편의 감동 멜로디도 없다.

한데,
너만 펼치면

자꾸만
내 눈 가득
눈물이 차오른다.

반딧불이

누군가 불을 밝혀 주지 않으면
촛불은 제 스스로 빛을 낼 수 없다.

누군가 불을 밝혀 주지 않으면
등불은 제 스스로 빛을 낼 수 없다.

그러니,
반딧불이 되어라.

그 누구의 힘도
빌리지 않고

오로지 제힘으로
어둠을 헤치며
밤을 밝히는

반딧불이.

지금 필요한 건

무뎌진 하루
무뎌진 시간
무뎌진 희망
무뎌진 꿈……

이런 내게
지금 필요한 건?

저것들을 확,
갈아엎어 줄

내 마음속
숫돌 하나—

우리 아버지 말씀하시길
―가나다라마바사아자차카타파하

가방끈이 짧아 선택의 기회조차 없었다는 우리 아버지
나는 아버지처럼 되지 말라신다, 아버지처럼 살지 말라신다

다르게 산다는 것이 무엇일까?

라켓을 꼭 쥐고 내게 던져진 '인생'이란 공을 잘 받아쳐야
한다지만
마음대로 잘 되지 않는다

바꿀 수 있다면 아버진, 내 나이로 다시 돌아가고 싶으시단다
그래서,
사력을 다해 인생을 다시 설계하고 싶으시단다
아낌없이 자신의 꿈을 향해 달리고 싶으시단다

자신이 선택한 길을 후회하지 않기 위해
차곡차곡 꿈의 상아탑을 쌓고 싶으시단다
카멜레온처럼 여러 색으로 자신의 인생을 그리고 싶으시단다

타인의 잣대가 아닌 아버지 자신의 잣대로 세상을 재고 싶으시단다

파릇파릇한 청춘을 만끽하고 싶으시단다, 오십 평생 막노동 잡부로 살아오신 우리 아버지

하루의 끝, 홀로 술잔을 기울이며 하시는 말씀

오늘따라 더 콕콕
내 가슴을 후빈다

가물치를 삶아 먹은 날

—가나다라마바사아자차카타파하

가물가물하다, 불과 한 시간 전에 외운 수학 공식

나 같은 머리를 사람들은 '돌대가리'라고 부르겠지?

다 외울 때까진 꼼짝도 말라는 엄마의 불호령

라면이 땡긴다, 와, 이 눈치 없는 식욕 녀석, 으으 안 돼, 안 돼!

마음을 다시 다잡고 연습장에 공식을 쓴다, 오 이런 이번엔

바닷물이 출렁 머리 밖으로 흘러나와 연습장 위의 공식들을
집어삼킨다

  "이 무더위에 공식은 무슨 공식이냐"는 듯!

사람 나고 공식 났지, 공식 나고 사람 났나! 하고 외치는 순간

아뿔싸! 뒤통수 빈틈을 노린 엄마의 일격

자, 지금부터 십 분 주겠다는 엄마의 확인 사살 같은 말씀

차의 제곱 공식, 합의 제곱 공식, 합차의 제곱 공식이

카르릉, 날 선 송곳니를 드러내며 호락호락 내 머릿속으로
들어오지 않을 태세다

타협은 없다는 듯, 지들끼리 날 두고 웃는다

파바바바박, 연필을 쥔 손에 가속도를 낸다, 그런데 참으로
이상하지

하나를 외우면 셋을 잊어버리는 이 신기한 현상

오늘이 바로, 내 기억이
가물치 삶아 먹은 날인가 보다!

늘었다 줄었다

열일곱에서 열여덟이 되었다.

몸무게가 늘었다
배 둘레가 늘었다
짜증이 늘었다
신경질이 늘었다
답답함이 늘었다
걱정이 늘었다
눈물이 늘었다
공부할 책들이 늘었다
책상에 앉아 있는 시간이 늘었다
날 보며 내뱉는 엄마의 한숨이 늘었다

잠이 줄었다
꿈이 줄었다
웃음이 줄었다
말수가 줄었다

친구가 줄었다
나에 대한 주위의 기대가 줄었다
떨어진 성적만큼 자신감도 줄었다
학교 학원 도서실 행동반경이 줄었다
선택해야 할 기회가 줄었다
갈 수 있는 대학의 수도 줄었다

근 일 년 사이
내 생각의 부피가 그렇게
바짝, 줄었다

난 지금 야자 튈까 생각 중

−김소월 「가는 길」 패러디

지겹다
말을 할까
하니 더 지겨워

야자 튈까?
그래도 양심은 있어
나 하나 잘되길 바라는 엄마 때문에
다시 한 번 생각하는 척……

그런데 아무리 생각해도 안 되겠다

쟤도 튈 눈치, 애도 튈 눈치
야자 시간은 점점 가까워만 오고

엄마 눈치, 선생님 눈치 잠시 접고
튈 거면 지금 튀어야지
더 늦기 전에, 빼도 박도 못하게 확 붙들리기 전에

뛰다가 붙들려 두 다리가 아작 난다 하여도
에라 모르겠다, 난 오늘도 그냥 냅다 야자 튈 생각입니다그려

력

타고난 능력이 있길 하나
그렇다고 빼어난 집중력이 있길 하나

물려줄 재력이 있길 하나
그렇다고 남들보다 출중한 실력이 있길 하나

빼어난 암기력이 있길 하나
그렇다고 매일매일 노력을 하나

좋은 기억력이 있길 하나
그렇다고 의자에 오래 앉아 있을 수 있는 끈기력이 있길 하나

반드시 해내겠다는 강한 의지력이 있길 하나
그렇다고 하나를 가르쳐 주면 열을 아는 탁월한 학습 능력이
있길 하나……

나를 붙들고 한 시간째 이어지는

엄마의 잔소리를 듣고 있노라니,

내 가슴에, 내 머리에
잠재된 **무기력**이
훅훅, 커져 간다.

구미호

절대 단연코, 꼬리 아홉 달린 구미호를
꿈꿔 본 적이 없다.
하지만 어느 날부터 나에게 찰싹 달라붙어
떨어지지 않는 저 수많은 꼬리들

실패자
낙오자
패배자
찌질이
빵셔틀
투명인간
잉여인간
쓸모없는 놈
폭력을 부르는 얼굴
뭘 해도 안 되는 놈
재수 없는 놈
……

수많은 꼬리표가 낙엽처럼 우수수 나에게 달라붙었다.
나도 모르게 나를 '구미호'로 만든 저 꼬리표들
떼어 버리고 싶어 온몸을 털어 대고 뛰어도 보고
마구 굴러도 봤지만 쉽사리 떨어지지 않는다.

전설 속 구미호가 아닌 현대판 구미호가 된 나
구미호는 간을 먹어야 사람으로 환생이 된다는데
사람에서 구미호가 된 나는, 뭘 먹어야 사람다운 사람이 될까?

아-우, 인간이 되고 싶은 난 오늘도 목 놓아 운다.
그림자처럼 날 따라다니는 저것들을 확 떼 버리고 싶어
아-우, 아-우! 몸부림치며 운다.

담쟁이

우리는 담쟁이

누군가 세워 놓은
끝도 알 수 없는
저 거대한 벽을
끊임없이

　　짚
　　　　고,
　　짚
　　　　고,
　　짚
　　　　고,
　　짚
　　　　고,

기를 쓰고

올라가려 애쓴다.

저 벽 너머
또 다른 세상이 있길
막연히 기대하며……

머리가 굳었다는 건

어렸을 땐
툭하면 싸워도
돌아서면
누가 먼저랄 것 없이
화해했는데

열여섯의 지금,
사소한 말다툼 후

석, 달, 째,

생판 모르는 사람처럼
너와 내가 지나간다.

금단 현상

큰맘 먹고
시험 일주일 전부터
디지털 단식을 한다.

휴대폰을 끊고
컴퓨터를 끊고
텔레비전을 끊고
게임기를 끊고

하루,
이틀…
딱, 삼 일째 되는 날
내 몸이 이상하다.

'네모'만 보면 손에 쥐고 싶고
손에 쥐는 모든 것을
양 엄지로 톡, 톡, 톡, 치는
금단 현상이 생겼다.

참깨 들깨 아녜요

열일곱 우리는, 들깨가 아니에요.
그러니 들들들 볶지 마세요!

열일곱 우리는, 참깨도 아니에요.
그러니 달달달 볶지 마세요!

제3부

우리의 역사는 야하다

여백의 미

논·서술형 시험지를 받아 든 날,

우린

'여백의 미'가 무엇인지

제대로 보여 줬다.

변명의 달인

안경이 뿌옜다, 앞이 보이지 않을 정도로 눈앞이 흐렸다. 하여 시험지를 잘 볼 수 없어 시험을 망쳤다, 거짓말이다. 사실 그 전날부터 배가 살살 아팠다. 누워 있지도 앉아 있지도 못할 만큼 시험 보는 내내 배가 뒤틀렸다, 하여 시험을 망쳤다, 이 또한 거짓말이다. 전 시간에 친 영어 시험에서 실수를 했다. 하여, 그 실수를 생각하다 보니 이번 시험을 망쳤다, 아아 이 또한 거짓말이다. 아침부터 학교에 가는데 새똥을 맞았다. 그래서 오늘 하루 재수가 없어 시험을 망쳤다, 거짓말이다. 내 능력으론 풀 수 없는 문제들을 선생님들이 냈다, 하여 모든 시험을 망쳤다, 아아 거짓말이다. 사실 시간 배분만 잘했더라면 모두 맞출 수 있었다. 시간 배분을 못해서 시험을 망쳤다…, 거짓말이다. 답안지에 답을 잘못 옮겨서 시험을 망쳤다, 시험이 너무 어려워서 시험을 망쳤다, 컨디션이 좋지 않아 시험을 망쳤다, 전날 숙면을 취하지 못해 시험을 망쳤다, 노트 필기를 보여 달랬더니 보여 주지 않은 영은이 때문에 시험을 망쳤다, 어려운 한 문제 때문에 시험을 망쳤다……

나를 바라볼 용기가 없는 나
어느새 '변명의 달인'이 되어 간다.

우리의 역사는 야하다

'야동'을 본 다음 날
역사 수업 시간
선생님 말씀이 모두
야하게 들린다.

팔각**정자**…, **사정전**
…수업 시간에 **자지** 말고
…책을 좀 **보지**…
고려 금동**관음**보살상
조선 석조**관음**보살상
…석탑이 그 주류를 이루게
된 까닭은 **질 좋은**…

오,
우리의 역사가 언제부터
이렇게 야했던가?

온몸의 촉이 찌르르
야한 말에 감전된 듯
오늘도 야동 증후군에 걸렸다.

운동

'고3'에게 운동이란

눈 운동
뇌 운동
손목 운동
숨쉬기 운동
새벽 별 보기 운동

비누

잡으려면 톡,
미끄러지고

잡으려면 톡,
미끄러진다.

잡을 수 없는
네 마음처럼

한 알의 사과 같은

형우가 뛴다.

한겨울 새벽, 칼바람을 가르며
좁은 골목길을 뛴다.

하루의 시작을 신문 배달로 맞는
형우의 두 귀가 빨갛다.
형우의 두 볼이 빨갛다.
형우의 두 손이 빨갛다.
형우의 얼굴이 빨갛다.

갈 햇살에 잘 익은 사과보다도
더 붉디붉은 얼굴이 되어
훅훅 하얀 김 뿜으며 뛴다.

'내가 집안의 기둥 역할을 하지 않으면 안 된다.'
언젠가 다부지게 말하던 형우

그런 형우의 삶을 한입 베 물면
아삭 소리가 날 것 같다.

힘든 형편에 좌절하기보다
굳세게 이겨 내려 하는 형우에겐
왠지 달큰한 사과 맛이 날 것 같다.

고난 속에서도 단단하게 제 과육을 키운
하여 달고 붉디붉은 사과 한 알 같은

내 친구 형우.

이상한 일

공부를 하면 할수록
뇌에 주름이 많아진다는데

이상하게도 나는,
공부를 하면 할수록
배에 굵은 주름만 늘어난다.

한 겹,
두 겹,
세 겹,

뇌가 아니라
배에 지식이
쌓이나 보다.

뱅뱅

뱅뱅, 이것은 간지 나는 어느 청바지 회사 이름이 아닌

뱅뱅, 내 하루가 제자리에서 맴도는 소리

뱅뱅, 내 성적표를 받아 든 엄마의 눈 돌아가는 소리

뱅뱅, 내 마음속에 갇힌 상상이 자유를 잃고 헤매는 소리

뱅뱅, 한여름 수학 문제 풀다가 정신 줄 하나 나가는 소리

뱅뱅, 나만 보면 반복되는 선생님의, 엄마의 잔소리가 내 귀에서 울리는 소리

뱅뱅, 수학 공식과 영어 단어가 내 머리를 무대 삼아 섞이는 소리

뱅뱅, '좋아한다' 고백 한 번 못하고 네 주위를 맴도는 소리

뱅뱅, 학원 학교 도서실을 오가는 내 발소리

뱅뱅, 달팽이 같은 내 열일곱의 시간이 밤의 풀잎을 기어가는 소리

뱅뱅, 계절과 계절은 바뀌는데 그 속에 나만 홀로 남겨진 듯 내 정신이 현기증 나는 소리

뱅뱅, 고장 난 태엽 시계처럼 아무리 감아도 감기지 않는 내 열일곱 청춘의 소리

깃발

바람 한 점 불어오지 않는
한여름의 교실
축 늘어진 깃발처럼
아이들이 책상에 엎어져 있다.

드르륵,
교실 문 열고 들어온 담임 선생님
그 모습을 한 번 휘익 둘러보더니

"오늘은 등나무 밑에서
 야외 수업이다!
 그리고 한 가지 더
 선생님이 오늘
 특별히 아이스크림 쏜다!"

순풍이 실린 담임 선생님의 그 말 한마디에
"와–!", 함성을 지르며 일어나는 아이들

바람에 날리는 깃발처럼
신이 난 듯 펄럭, 펄럭
제 몸을 일으켜 세운다.

집 나간 형

형이 집을 나갔다.
매일 악다구니를 쓰는 엄마도
매일 술주정하는 아빠도
지긋지긋한 가난도 싫다고
확, 나가 버렸다.

밥 먹을 때마다 엄마는
에미, 애비도 모르는 새끼
잘 나갔다, 하고

술만 먹으면 아빠는
에미라는 게 자식 교육을
똑바로 못 시켰다, 며
엄마를 때렸다.

이 눈치 저 눈치 보던 나에게
엄마는 엄마대로 아빠는 아빠대로

너도 똑같은 새끼, 라며
욕하고 때렸다.

형이 있을 때나 없을 때나
달라진 게 하나도 없다.
맨날 가슴이 조마조마하고
맨날 얻어터지기만 한다.

나가려면 나도 데리고 나가지
형도 엄마 아빠처럼
날 '혹'이라고 생각했나?
그래서 안 데려갔나?

이불 뒤집어쓰고 운다.
억울해서 울고
맞은 데가 아파서 울고
이런 집구석 나도 확 나가고 싶은데

갈 곳이 이 세상에 여기 말고
한 군데도 없어 서러워 운다.

기울어서

기울어서 예쁜 건
밤하늘에 걸린
초승달,

기울어서 슬픈 건
어느 날부터 일방적으로 강요된

한길로만
한쪽으로만
기울어진

내 청춘의 어깨

민중이보다 더 나쁜 놈

우리 반 짱인 현석이보다
그 옆에 빌붙어 으스대는 민중이가
더, 나쁜 놈이다.

오늘도
현석이보다도 먼저
친구 녀석들의 주머니를 털고
친구를 '애자'라 부르며 머리통을 휘갈기고
제 마음에 들지 않는다며 불러다가 찐따를 만들고
한 놈을 타깃 삼아 왕따를 시키고
백 원을 던져 주고는 매점에서 만 원어치 과자를 사 오라 시키고
PC방에 갈 경비를 종례 전까지 마련하라 하고
온갖 야비한 수법으로 친구를
괴롭힌다.

그런 민중이는 현석이보다 더 나쁜 놈이다
그런데……, 나는 그런 민중이보다도

더, 나쁜 놈이다.

그 녀석이 하는 짓을 보고도 못 본 척
그 녀석이 뱉는 말을 듣고도 못 들은 척
그 녀석이 시키면 시키는 대로
그 녀석이 절친인 준호를 괴롭혀 전학을 가게 했을 때도
난 아무 말도 아무 도움도 주지 못했다

그런 나는……,
민중이보다 더
나쁜 놈이다.

엄마가 싫다

대체 요새 왜 그러냐고, 엄마가 묻기에
그냥, 이라고 답했다.
지금 반항하냐고 묻기에
그래서 아니라고 답하니
이젠 엄마를 가지고 노냐, 한다.
진짜 그런 거 아니라고 하니,
엄마가 엄마로 보이지 않느냐고 한다.
참다못해, 엄마도 한번 생각해 보라고
내가 요즘 얼마나 힘든지 아냐 했더니,
새벽부터 네 뒷바라지하는
엄마한테 그게 할 소리냐고 또 그런다.
묻는 말에 답해도, 답을 안 해도
이젠 머리 굵어졌다고 엄마를 가르치려는 거냐고 한다.

꽝!
마음을 닫았다.
들을 준비도 안 돼 있으면서

끊임없이 질문하는 엄마가 싫다
듣고 싶은 대답을 딱 정해 놓고
나에게 그 대답을 강요하는 엄마가 밉다

아빠는 그렇지 않았는데……
아빠는 말하지 않아도
척하면 착이었는데
아빠도 그런 엄마 때문에 떠났다고 생각하니

더더욱
엄마가 싫다.

진로 한 잔

다음 주 월요일까지
진로 계획서를 제출하란다.

'진로'를 생각하려니
가슴이 탁, 막히고
눈앞이 깜깜하다.
뭘 어째야 하는가?
답이 없다.

쉰여덟 막노동 잡부인 울 아버지
답답할 땐 진로 소주가 최고라며!
초저녁부터 진로 소주를 대접째 벌컥벌컥 마셨다.
그러곤, 세상 시름 다 잊은 듯 깊은 잠에 빠졌다.

진로 고민으로 밤을 새우는 요즘
나도 진로 소주 한 잔 칵―, 마시고

진로 고민 잠시 접고 싶다.

진로 고민 잠시 잊고 싶다.

욕쟁이 선생님

선생님도 감정 있는 사람이기에
그럴 수 있다 생각했다.

책상 위 지우개밥을
제대로 치우지 않았다
욕하고,

시키는 일
제대로 못했다
욕하고,

공부를
제대로 안 한다
욕하고,

교실을
더럽게 썼다

욕하고,

준비물
안 가지고 왔다
욕하고,

우리가 선생님께
제일 먼저 배운 게 있다면
그건 칭찬이 아닌 욕!

이런 우리가
사회에 나간다면
아주 볼만하겠다.

너도 그런 적 있니?

잘못 탄 버스 때문에
잘못 탄 기차 때문에

목적지와는
전혀 상관없는
다른 곳에 내려야 했던 적

목적지를 한참이나 지나
뒤늦게 부랴부랴
처음 방향으로 다시 갈아타야 했던 적

요즘 들어 열일곱,
내 인생이 그런 것 같아

엄마에겐, 난 수박인가?

수박이 잘 익었는지, 안 익었는지
확인하기 위해선 똑똑똑
잘 두드려 봐야 한다.

엄마는 매일 내 방문을 두드린다.

똑–
똑–
똑–

내가
잘 익었는지
안 익었는지
확인하고 싶은가 보다.

제4부

아주 가끔 자주

다독

마음을 치유하는 것은
수백 권의 책 속에서도
찾을 수 있지만

누군가를 향한 진심 어린
다독임에서도 찾을 수 있다.

친구야, 힘내!
친구야, 포기하지 마!

다독
다독

지친 친구의 어깨를
다독여 주는

저, 다독의 힘!

고치

쉿!

흔들지 마세요.
두드리지 마세요.

난
지금
이 어두운
비밀의 방에서
꿈꾸고 있어요.
기다리고 있어요
지금의 내가 아닌
또 다른 내가 되길
기다리고 있어요.
꿈꾸고 있어요.
조금만 더
조금만
더,

참고

견디겠어요.

우리에게 BT란?

사회 선생님 별명은 '변태'다!

숙제 안 해 오면, 깜지 열 장
수업 시간에 딴짓해도, 깜지 열 장
수업 시간에 자도, 깜지 열 장
예습 안 해 와도, 깜지 열 장
복습 안 해도, 깜지 열 장

깜지 하느라 손목이 부러질 것 같다
우리를 '깜지의 고통' 속에 몰아넣고
'다 너희를 위한 거야' 하며
선생님은 즐거워하신다.

그런 사회 선생님에게 우린
'변태'라는 별명을 지어 줬다.
영어 약자로는 'B.T.'

어느 날, 그 선생님을
'BT'라고 부르다가 딱, 걸린 녀석
어쩌나, 저 녀석 깜지 열 장이겠네, 하는
우리의 우려와는 달리

"선생님,
 BT는 Best Teacher의 준말이에요!
 선생님은 영원한 우리의 'BT'입니다."

그 말 한마디에, 칭찬의 말과 함께
깜지 열 장 대신 '깜지 면제권' 한 장 받았다.

올가미

'오늘'을 살아가는

너와

내

목

에

걸린

12

11   1

10   2

9   3

8   4

7   5

6

벗어 버릴 수도
쫓아 버릴 수도
없는

저,
단단한

무형의
올가미

자유 시간

슈퍼마켓에 들어가자
'자유 시간'이라고 쓰인
초콜릿 봉지에 자꾸만 눈이 간다.
커다란 봉지 안에 낱개로 포장된
작은 '자유 시간'들
그것들을 볼 때마다
내 자유 시간은 다 어디로 갔을까?
하는 답답함이 가슴 가득 차오른다.

'학교'라는 거대 포장지 속에
내 자유 시간들이 조각조각 포장된 채

학원에 반납되고
엄마에게 반납되고
선생님에게 반납되었다.

더 이상 내 것이 아닌 내 시간들

그들이 그런 내 시간들을

녹여 먹고,
깨물어 먹고,
빨아 먹고,
씹어 먹는다.

한 번도 맛보지 못한 내 금쪽같은 시간들을.

아라*와 카라*

선생님, 저희에게

아라 없는 눈은, 앙꼬 없는 찐빵이요.
카라 없는 눈은, 스프 없는 라면이요.

하오니 제발,
지우라고 하지 말아 주세요!

*아라 : 아이라인의 준말.
*카라 : 마스카라의 준말.

줄다리기

친구와 다툰 후

먼저 사과해야 하나?
말아야 하나?

밤새도록 나는,

나와
팽팽한
줄다리기 중!

장미 넝쿨 하나가

무심코 지나다녔던 학교 언덕길가에
5월 덩굴장미가 한 아름 붉게 피었다

단어장에 코 박고
암기장에 눈 박고
숙어기에 귀 박고

온갖 외워야 할 것들로
내 청춘을 박아 둔 채
살아온 지 2년 하고 5개월

벚꽃이 몰려왔는지도 모르게 지고
목련이 몰려왔는지도 모르게 지고
이제 막 한철인 장미 역시도
그렇게 보내 버릴 뻔했는데,

유독 담장 밖으로 길게 뻗어 나온

장미 넝쿨 하나가
저 좀 보라는 듯
불쑥,
내게 가는 초록 손가락을 디민다

언젠가 봤던
영화 '이티' 속 주인공처럼
검지 하나 뻗어
톡, 그 줄기 끝에 갖다 대자
장미 가지가 출렁인다
꽃망울이 들썩인다

오랫동안 잊고 지냈던
계절의 그윽한 향기가
오래도록 내 곁에 출렁출렁 쏟아진다

상

오늘도 나는 새벽 일찍 기상

몇 년째 되풀이되는 일상

대입까지 이제 얼마 안 남았다는 상상

조금만 참고 견디면 된다는 공상

대학 가면 꼭 예쁜 여친 사귈 거라는 환상

있지도 않은 여친이 내 품에 안기는 망상

꾸역꾸역 한술 뜨다 만 모래알 같은 아침 밥상

온종일 앉아 있어야 하는 비좁은 내 공부 책상

성적표를 받아 든 엄마는 오만상

미래만 생각하면 나는 무념무상

공부가 인생의 전부 아니라는 구호는 이제 식상

공부가 제일 쉬웠어요 말하는 너는 나에게 진상

용돈 조금만 올려 달라 말하는 나는 엄마에게 화상

'엄마를 내다 팔아라' 말하는 엄마 때문에 나는 울상

우리는 공부하는 기계가 아녜요! 라고 말하는 우리는 정상

하지만 공부를 안 하는 기계도 아니라 답하는 사회는 비정상

언제나 일등만 기억하는 더러운 세상

이등부터 꼴찌까지는 기억 못 하는 세상
잦은 시험과 무한 경쟁 속에 내 몸은 앙상
그것도 못 버티면 갈 곳 없는 내 앞날은 궁상
그렇기에 내 얼굴만 보면 공부 타령하는 엄마의 잔소리 현상
그런 엄마를 보고 있자니 얼굴이 마구 일그러지는 나는 죽상
내 꿈은 자취를 감춘 지 오래인 신원 미상
점점 더 벼랑 끝으로 몰아대는 경쟁 사회의 위상
언제부턴가 숨 가쁘게 살아온 내 현실에 빨간불 비상
포기하고픈 순간 힘내라는 친구의 격려는 최상!

요즘 난

하고 싶은 일보다
해야 하는 일들만
점점 많아지는 요즘
무엇을 해도 신나지 않는다.

훅훅, 신바람을
아무리 불어넣어도
피시시식, 새어 나간다.
파스스스, 헛바람만 난다.

마음에 큰 구멍이 났나 보다.

1

휙,
누군가의 마음을 열
열쇠 구멍 자리일까?

아님,

푹, 하고
누군가에게 찔린
상처 자리일까?

그 말 때문에

'잘'과 '못' 사이에 내가 끼어 있다

엄마의
'잘해야지'란
말 속엔
'못하고 있네'란
말이 들어 있는 것 같아

선생님의
'잘 풀어야지'란
말 속엔
'못 풀었네'란
말이 들어 있는 것 같아

왠지 내가 하는 모든 것이
'잘못'이 되어 버리는 것 같아
'잘못'하고 있는 것 같아

무엇을 할 때마다
마음이 살얼음판처럼
깨어질 것 같아
모든 것에 조심조심

너무 조심한 나머지
행동을 하기도 전에 하나둘
점점 포기하는 게 빠른 아이가 되는 것 같아

'들어간다'의 동상이몽

엄마에게 내가 방에 '들어간다'는 의미는,

① 공부하러
② 책을 보러
③ 수학 문제 풀러
④ 영어 단어 외우러
⑤ 학교, 학원 갈 준비하러

나에게 내가 방에 '들어간다'는 의미는,

① 자러
② 쉬러
③ 엄마를 피하려
④ 몰겜하러*
⑤ 몰폰하러*

이렇게 우린

한집안, 다른 꿈을 갖고
함께 살아간다.

*몰겜 : '몰래 게임'의 준말.
*몰폰 : '몰래 스마트폰'의 준말.

검색창

세상이 좋아져서 무엇이든 궁금한 걸
요 작은 검색창 안에 치면 답이 나온다.

그렇다면,

지금
내가
잘 하고 있는 걸까?

이렇게
사는 게
제대로 된 걸까?

나란
존재는
무엇일까?

이렇게
무기력하게
하루를 살아야 할까?

마음속에서
끝도 없이 나오는
수많은 질문들을
검색창에 쳐 본다

아무리 좋아진 세상이라도
내가 원하는 답은 아직, 나오지 않고
미궁 속을 헤매고 있나 보다.

꿈으로 가는 계단

꿈
　　ㄱ
　　　ㄱ
　　　　ㄱ
　　　　　ㄱ
　　　　　　ㄱ
　　　　　　　ㄱ
　　　　　　　　ㄱ
　　　　　　　　나

이 계단은
꿈으로 가는 계단이야

넌 지금 그 계단 앞에 서 있단다.

오를지
말지는
네가 선택해

아주 가끔 자주

이게 문법적으론
틀린 표현이라 해도

내 안에선
정말

아주 가끔 자주
네가 그립다.

자신만의 씨앗을 틔울 수 있길

신은 모든 사람들에게 각자 '자신만의 씨앗'을 심어 주고 세상에 태어나게 했다. 그런 뒤, 신은 궁금했다. 자신이 선물한 그 씨앗을 사람들이 어떻게 싹 틔우고, 꽃을 피웠는지…… 어떤 이는 꽃을 피우고, 어떤 이는 싹만 틔웠고, 어떤 이는 싹조차 틔우지 못한 채 씨앗의 형태만을 가슴 안에 담고 있었다. 또 어떤 이는 잡초만이 수북했고, 더 심한 이는 씨앗을 키울 마음의 화분조차 여기저기 금이 가 씨앗을 잃어버리고 말았다.

마음은 화분이다. 신이 오직 나에게만 선물한 나만의 씨앗을 키워 갈, 나의 가능성이 담긴 그릇이다. 그렇다면 지금 우리는 어떤가? 신이 선물한 씨앗을 잘 키우고 가꾸고 있을까?

'사춘기'라는 시기는 곤충의 번데기 시절과 같다. 어두운 방

123

황의 시기지만 내가 나를 찬찬히 들여다볼 수 있는 시간이기도 하다. 그리하여 잠재된 내 안의 나를 깨울 수 있는 이 시간을 어떻게 보내느냐에 따라 내 앞에 놓인 미래가 달라질 수 있다. 또한 주위의 시선이 청소년들을 얼마나 보듬고 이해할 수 있느냐에 따라 사춘기 이후의 삶은 얼마든지 변할 수 있다. 사회에 적응하지 못하는 많은 아이들을 단지 한 가지 기준만으로 문제아로 낙인찍지 않고, 그들의 잠재된 씨앗을 발견하여 도와줄, 그들의 '이유 있는 반항'을 들어줄 줄 아는 열린 귀를 가진 어른들이 많아졌으면 좋겠다.

요즘 청소년 친구들을 보면, 너무나 빨리 모든 것을 포기해 버리는 무기력한 모습을 자주 접해 안타깝기 그지없다. 어린 시절부터 무엇을 하든 단번에 성공해야만 한다는 암묵적인 교육을 받은 아이들은 꿈꿀 기회조차 박탈당한 것 같아 가슴이 아프다. 획일화된 삶의 모습만을 강요할 것이 아니라 '내 안의 나'를 들여다볼 수 있는 여유를 청소년들에게 되돌려 주었으면 좋겠다. 그리하여 가슴 안에 숨겨진, 혹은 시들어 가는 '나'라는 희망의 불씨를 다시 지필 수 있기를 바란다.

내 글이 아직 많이 부족하여 그들의 아픔과 상처를 다 보듬을 순 없겠지만, 사춘기 시절의 나를 반추하며 쓴 작은 이야기들이 줄곧 경쟁에 치이며 숨 가쁘게 달려온 아이들에게 일상을 잠시 내려놓고 숨 고르기 하는 기회를 선물해 주었으면 한다.

끝으로 부족한 엄마에게 든든한 조력자가 되어 준, 이제 막 사춘기에 접어든 내 딸 예린이에게 언제나 고맙고, 부족한 글을 책으로 펴낼 수 있는 기회를 준 출판사 '푸른책들' 모든 분들에게도 감사의 말을 전한다.

2016년 봄
김선경

〈푸른책들〉과 〈보물창고〉의 청소년을 위한 시집, 함께 읽어 보세요!

김 선 경

1977년에 태어났으며, 고려대학교 국어국문학과를 졸업했다. 2013년 동시 「언제쯤이면」으로 매일신문 신춘문예에 당선되어 작품 활동을 시작했고, 동시 「나비」 외 11편으로 제11회 푸른문학상 '새로운 작가상'을 수상했다. 지은 책으로 동시집 『강아지 기차』(공저)가 있으며, 『뱅뱅』은 시인의 첫 청소년시집이다.

푸른도서관

푸른도서관은 '10대에서 20대까지' 눈부신 성장을 거듭하는
'푸른 세대'를 위한 본격 문학 시리즈입니다.
이금이 작가의 대표작인 『유진과 유진』을 비롯하여
푸른문학상 수상작 『똥통에 살으리랏다』, 『스키니진 길들이기』 등
당대 청소년들의 현실을 생생하게 반영한 성장소설과
『화랑 바도루』, 『에네껜 아이들』 등 다양한 시대상을 반영한 역사소설,
청소년시집 『악어에게 물린 날』, 『그래도 괜찮아』
그리고 흥미진진한 판타지에 이르기까지
국내 작가들이 공들여 창작한 감동적인 작품들을
푸른도서관에서 더 만나 보세요!

1. 뢰제의 나라 강숙인 지음

교통사고로 가사 상태에 빠진 열두 살 소년이 저승사자의 손에 이끌려 저승인 '뢰제의 나라'를 여행하면서 벌어지는 모험담을 담은 판타지소설.
★ 윤석중문학상 수상작   ★ 동화읽는가족 추천도서

2. 아버지가 없는 나라로 가고 싶다 이규희 지음

아픈 결핍의 가족사를 벗어던지고 마침내 더 너른 세상을 향해 나아가는 소녀를 통해 성장의 의미를 곰곰이 곱씹게 해 주는 가슴 뭉클한 성장소설.
★ 세종아동문학상 수상작가

3. 까망머리 주디 손연자 지음

좋아하는 남학생에게 외모에 대한 조롱 섞인 말을 듣고, 입양아인 자신이 미국 사회의 이방인이라는 사실을 깨닫는 사춘기 소녀 주디가 정체성을 찾아가는 이야기.
★ 책따세 추천도서   ★ 학교도서관사서협의회 추천도서   ★ 부산광역시교육청 독서인증제 권장도서

4. 이쁜 언니 강정님 지음

일제 강점기 말과 해방 공간을 시간적 배경으로 밤나무정 마을에 사는 '복이'라는 여자아이의 삶의 비밀을 하나하나 알아가는 과정을 그린 아름다운 연작소설집.
★ 서울시교육청 교과별 권장도서   ★ 한우리독서토론논술 필독도서   ★ 한국아동문예상 수상작

5. 너도 하늘말나리야 이금이 지음

미르와 소희, 바우는 각자의 상처를 속으로 감추고 괴로워하다 서로를 알아본다. 서로의 상처를 보듬어 주는 순간, 상처에는 새살이 돋고 아이들은 비로소 성장하게 된다.
★ 중학교 〈국어〉 교과서 수록   ★ 책따세 추천도서   ★ 〈중앙일보〉 좋은책 100선 선정도서

6. 내 이름엔 별이 있다 박윤규 지음

1970년대라는 한국 사회의 정치적·사회적 격동기를 배경으로 성장해 나가는 사춘기 소년의 삶을 통해 2000년대의 우리가 잊고 지냈던 '꿈'과 '희망'을 다시 한 번 환기시켜 준다.
★ 서울시립어린이도서관 추천도서

7. 토끼의 눈 강정규 지음

한국 전쟁을 배경으로 한 세 편의 이야기를 엮은 소설집. 작품 속에 총소리나 죽음은 등장하지 않지만, 천진한 아이들의 눈으로 바라본 전쟁이 숨이 막힐 듯 가깝게 다가온다.
★ 세종아동문학상 수상작   ★ 아침독서 청소년 추천도서

8. 화랑 바도루 강숙인 지음

부모님을 일찍 여읜 바도루가 김충현 장군 밑에서 생활하며 그의 자제인 경천과 함께 피나는 노력과 뜨거운 우정을 나누며 꿈에 그리던 화랑이 되는 이야기를 그린 본격 역사소설.
★ 동화읽는가족 추천도서

9. 유진과 유진 이금이 지음

어린 시절 함께 성추행을 당한 동명이인 '유진과 유진'의 각각 다른 성장 과정을 통해 청소년의 심리를 아주 세밀하게 보여 주는 이금이 작가의 청소년소설.
★ 책따세 추천도서   ★ 어린이도서연구회 청소년 권장도서   ★ 학교도서관저널 선정 성장소설 50선

10. 마사코의 질문 손연자 지음

일본인 소녀의 입으로 일본인의 죄를 묻는 이야기. 일제 강점기에 우리 민족이 겪은 온갖 수난을 생생하고 절실하게 그려 낸 9편의 작품이 실려 있다.

★ 세종아동문학상 수상작 　★ SBS 어린이미디어대상 수상작 　★ 한우리독서토론논술 필독도서

11. 아, 호동 왕자 강숙인 지음

비극적 사랑의 대명사 호동 왕자와 낙랑 공주, 그들이 정말 사랑하는 사이였는가에 대한 의문으로 시작된 역사소설. 우리가 알고 있던 이야기를 뒤집어 전혀 새로운 시각을 제시한다.

★ 한우리독서토론논술 필독도서 　★ 서울독서교육연구회 추천도서 　★ 책읽는교육사회실천협의회 추천도서

12. 길 위의 책 강 미 지음

'책'을 통해 자연스럽게 자신의 고민과 방황을 해결하고 상처를 치유해 나가는 여고생들의 이야기를 잔잔하게 그렸다. 청소년들을 위한 성장소설들이 '책 속의 책'으로 가득 담겨 있다.

★ 제3회 푸른문학상 수상작 　★ 책따세 추천도서 　★ 문화체육관광부 우수교양도서

13. 느티는 아프다 이용포 지음

'지금 여기'의 '가장 낮은 곳'을 이야기하는 성장소설. 독자들에게 이웃을 바라보는 시선을 바꾸고 존재의 소중함을 돌아볼 수 있는 시간을 마련해 준다.

★ 한국문화예술위원회 우수문학도서 　★ 평화박물관 선정 청소년 평화책

14. 발끝으로 서다 임정진 지음

베스트셀러 『행복은 성적순이 아니잖아요』의 임정진 작가가 펴낸 청소년소설. 낯선 땅으로 홀로 유학을 떠난 주인공을 통해 조기 유학생활의 어려움과 외로움을 절절하게 그렸다.

★ 책따세 추천도서

15. 마지막 왕자 강숙인 지음

역사의 그늘에 가려져 있던 인물이자 신라의 마지막 왕인 경순왕의 아들 마의태자를 주인공으로 한 역사소설로, 그의 새로운 영웅적 면모를 보여 준다.

★ 〈중앙일보〉 좋은책 100선 선정도서 　★ 어린이도서연구회 청소년 권장도서

16. 초원의 별 강숙인 지음

마의태자를 주인공으로 한 『마지막 왕자』의 후속작. 사라져 버린 나라를 그리워하던 주인공 새로가 광활한 만주 대륙에서 아버지의 꿈을 이루는 과정을 흥미진진하게 그리고 있다.

★ 동화읽는가족 추천도서

17. 주머니 속의 고래 이금이 지음

가슴속에 품고 있는 꿈을 찾기 위해 노력하는 열다섯 살 아이들에 대한 이야기이다. 저마다 꿈을 좇는 과정에서 실패와 좌절을 겪지만 다시 씩씩하게 일어나는 모습을 보여 준다.

★ 중학교 〈국어〉 교과서 수록 　★ 아침독서 청소년 추천도서 　★ 대한출판문화협회 올해의 청소년도서

18. 쥐를 잡자 임태희 지음

원치 않는 임신을 한 여고생의 이야기로 성에 대해 여전히 취약한 우리 청소년의 현실을 돌아보고 위험성을 인식하게 만든다. 동시에 대책 마련이 시급하다는 사실을 새삼 일깨운다.

★ 제4회 푸른문학상 수상작 　★ 아침독서 청소년 추천도서 　★ 어린이도서연구회 청소년 권장도서

19. 바람의 아이 한석청 지음

우리나라 아동청소년문학 최초로 발해를 소재로 한 장편역사소설. 고구려 멸망 뒤 옛 고구려 지역에 살던 이들의 비참한 삶과 나라를 되찾고자 하는 투쟁을 생생하게 그려 냈다.

★ 한우리독서토론논술 필독도서　★ 책읽는교육사회실천협의회 추천도서

20. 베스트 프렌드 이경혜 외 지음

사춘기를 지나 성숙한 남녀로 성장하는 과정에 놓인 청소년들의 심리 변화를 섬세하게 그린 표제작을 비롯해 현실적인 청소년들의 한계와 모순을 그린 5편의 단편소설을 엮었다.

★ 어린이도서연구회 청소년 권장도서

21. 리남행 비행기 김현화 지음

봉수네 가족이 북한을 탈출해 리남행 비행기에 오르기까지의 여정이 긴장감 있게 그려져 있다. 온갖 역경 속에서도 인간애와 가족애를 잃지 않는 모습이 진한 감동을 선사한다.

★ 제5회 푸른문학상 수상작　★ 책따세 추천도서　★ 한국문화예술위원회 우수문학도서

22. 겨울, 블로그 강 미 지음

자신만의 길을 찾아가는 청소년들이 종횡무진 활동하는 네 편의 작품을 담았다. 청소년들의 일상을 정확하고 섬세하게 묘사하여 그들이 나아갈 수 있는 길을 오롯이 보여 준다.

★ 문화체육관광부 우수교양도서　★ 아침독서 청소년 추천도서　★ 한국출판인회의 선정 이달의 책

23. 네가 하늘이다 이윤희 지음

1894년 동학 농민 운동을 배경으로 새로운 세상을 꿈꾸었지만 결국 이름조차 남기지 못하고 스러져 간 농민군의 이야기를 감동적으로 그려 낸 대하역사소설.

★ 아침독서 청소년 추천도서　★ 한국어린이문화대상 수상작

24. 벼랑 이금이 지음

원조 교제, 첫 키스, 협박, 폭력……. 거친 현실의 이면에 감춰진 청소년들의 내면을 섬세하게 다루고 있는 이금이 작가의 연작청소년소설.

★ 한국문화예술위원회 우수문학도서　★ 아침독서 청소년 추천도서　★ 네이버 북리펀드 선정도서

25. 뚜깐뎐 이용포 지음

서기 2044년, 한국에서 영어 공용화 법안이 통과된 뒤 영어가 일상어로 자리를 잡은 때와 한글이 박해를 받던 연산군 시절을 오가며 현대인들에게 진지한 성찰의 기회를 제공한다.

★ 아침독서 청소년 추천도서　★ 대한출판문화협회 올해의 청소년도서　★ 〈중앙일보〉 선정 이달의 책

26. 천년별곡 박윤규 지음

천 년의 시간을 애증과 그리움으로 버틴 주목나무의 이야기를 절제된 감성으로 그린 작품. 시 형식을 차용한 소설인 '시소설'이란 신선한 장르에 애절한 정서를 잘 녹여 냈다.

★ 한우리가 선정한 좋은 책

27. 지귀, 선덕 여왕을 꿈꾸다 강숙인 지음

지귀 설화 속에 숨어 있는 선덕 여왕 이야기를 담은 역사소설. 지귀와 선덕 여왕, 김춘추와 김유신 등 시대의 격랑에 휘말린 이들의 삶과 사랑이 독자들의 가슴속에 파고든다.

★ 책따세 추천도서　★ 네이버 북리펀드 선정도서　★ 아침독서 청소년 추천도서

28. 청아 청아 예쁜 청아 강숙인 지음

〈심청전〉을 현대적으로 재해석한 소설. 새로운 시각의 심청과 서해 용왕 그리고 그의 아들을 등장시켜 '보이지 않는 사랑 이야기'를 통해 참다운 사랑의 의미를 되새기게 한다.
★ 한국출판인회의 선정 이달의 책   ★ 중앙독서교육 선정도서

29. 살리에르, 웃다 문부일 외 지음

'엄친아'와의 비교에 시달리며 자신을 '살리에르'라 믿는 청소년들에게 건네는 '꿈'에 관한 다섯 가지 이야기. 꿈을 향한 청소년들의 힘차고도 아름다운 몸부림이 담겼다.
★ 제6회 푸른문학상 수상작   ★ 아침독서 청소년 추천도서   ★ 학교도서관사서협의회 추천도서

30. 사라지지 않는 노래 배봉기 지음

세계적 미스터리의 하나인 이스터 섬 모아이 석상의 비밀을 소재로 인간의 파괴적 욕망과 그것을 극복했을 때 찾을 수 있는 평화를 보여 준다.
★ 문화체육관광부 우수교양도서   ★ 네이버 북리펀드 선정도서   ★ 국립어린이청소년도서관 추천도서

31. 김홍도, 조선을 그리다 박지숙 지음

김홍도의 그림을 통해 그의 삶을 다룬 연작으로, 작가 특유의 상상력과 깊이 있는 통찰력으로 '인간 김홍도'의 삶을 생생하게 되살려낸 본격 역사소설이다.
★ 문화체육관광부 우수교양도서   ★ 〈소년조선일보〉 추천도서   ★ 아침독서 청소년 추천도서

32. 새가 날아든다 강정규 지음

한국 전쟁을 직접 경험한 세대가 전쟁과 분단과 이산이라는 문제를 다른 시각에서 조명한 작품. 역사의 굴곡을 넘어 당대의 사람들이 더불어 살아가는 이야기를 일곱 편의 소설에 담았다.
★ 아침독서 청소년 추천도서

33. 에네껜 아이들 문영숙 지음

구한말 멕시코의 낯선 농장으로 이주한 조선 사람들이 노예처럼 일하며 온갖 고난과 수모를 당하지만 불굴의 의지로 희망의 새로운 터전을 마련한 내용을 담은 역사소설.
★ 책따세 추천도서   ★ 대한출판문화협회 올해의 청소년도서   ★ 아침독서 청소년 추천도서

34. 밤나무정의 기판이 강정님 지음

1950년대를 배경으로 소년 기판이의 각별하고도 애틋한 성장과 모험과 죽음을 다룬 이야기. 작가 특유의 입담과 사투리에 실린 당시의 일상과 풍속이 눈앞에 생생하게 되살아난다.
★ 한국문화예술위원회 우수문학도서   ★ 대한출판문화협회 올해의 청소년도서   ★ 아침독서 청소년 추천도서

35. 스쿠터 걸 이은 지음

질풍노도의 시기인 청소년기의 한복판에 서 있는 열다섯 살 중학생들을 본격적으로 등장시킴으로써 중학생들의 삶을 밀도 있게 그려 낸 청소년소설집.
★ 한국간행물윤리위원회 우수청소년저작 당선작   ★ 학교도서관저널 추천도서

36. 우리 반 인터넷 소설가 이금이 지음

거짓이 휘두르는 보이지 않는 폭력에 '진실'이 어떻게 왜곡되고 유배되는지를 청소년들의 생생한 세대 묘사와 치밀한 구성을 바탕으로 보여 준다.
★ 네이버 북리펀드 선정도서   ★ 학교도서관저널 추천도서   ★ 국립어린이청소년도서관 추천도서

37. 열네 살, 비밀과 거짓말 김진영 지음

습관적인 도둑질에 빠져들면서 비밀과 거짓말이 늘어나게 된 평범한 열네 살 소녀 하리가 다시 삶의 진실을 찾아가는 성장소설.

★ 한국간행물윤리위원회 청소년 권장도서   ★ 문화체육관광부 우수교양도서

38. 허황옥, 가야를 품다 김 정 지음

먼 바다를 건너 가야로 온 인도 아유타국 공주 허황옥의 삶을 조명하면서, 철을 바탕으로 국제 무역의 중심지로 자리했던 가야의 역사를 생생히 전하는 역사소설이다.

★ 학교도서관저널 추천도서   ★ 대한출판문화협회 올해의 청소년도서

39. 외톨이 김인해 외 지음

요즘 청소년들의 왜곡된 삶과 고민을 가감 없이 보여 주며, 그들의 정서적 긴장감과 내면적 따뜻함을 동시에 그리고 있는 세 편의 단편소설이 실려 있다.

★ 제8회 푸른문학상 수상작   ★ 국립어린이청소년도서관 사서 추천도서   ★ 아침독서 청소년 추천도서

40. 그래도 괜찮아 안오일 지음

현실의 부정과 좌절에 길항하는 청소년들의 고민을 진정성 있게 담아낸 청소년시집. 청소년들이 지닌 '생기'를 유감없이 보여 주며 긍정과 희망의 메시지를 전한다.

★ 한국간행물윤리위원회 우수청소년저작 당선작   ★ 한국문화예술위원회 우수문학도서

41. 소희의 방 이금이 지음

이금이 작가의 대표작 『너도 하늘말나리야』의 후속작. 달밭마을을 떠나 재혼한 친엄마와 재회해 새 가족의 일원이 된 열다섯 소희의 욕망과 아픔을 다룬 성장소설이다.

★ 한국문화예술위원회 우수문학도서   ★ 한겨레·예스24 선정 청소년책 30선

42. 조생의 사랑 김현화 지음

조선시대를 배경으로 청년 '조생'이 청나라에 파견되는 연행사로 길을 떠나 사랑과 우정, 정의, 신념 등 삶의 진리를 깨달아가는 과정을 그린 청소년 역사소설.

★ 서울시교육청 남산도서관 사서 추천도서   ★ 〈아침햇살〉 선정 좋은 청소년책

43. 아버지, 나의 아버지 최유정 지음

위탁가정에 맡겨진 열여섯 살 연수가 자신의 친아버지를 찾아 떠나는 여정을 통해 진정한 자아 정체성을 확립해 가는 과정을 밀도 있게 그렸다.

★ 한국문화예술위원회 우수문학도서   ★ 〈아침햇살〉 선정 좋은 청소년책

44. 타임 가디언 백은영 지음

타임 슬립이라는 장치를 통해 개인과 사회에서 일어나는 현실의 문제들을 조명하는 본격 청소년 SF소설. 시공간을 뛰어넘는 구성과 예측할 수 없는 독특한 상상력을 맛볼 수 있다.

★ 〈아침햇살〉 선정 좋은 청소년책

45. 분청, 꿈을 빛다 신현수 지음

고려 최고의 사기장의 아들인 강뫼가 왜구 침입과 왕조의 변혁 등 극한 시대 상황 속에서 분청사기를 만들기까지의 과정을 흡인력 있게 그린 역사소설.

★ 대한출판문화협회 올해의 청소년도서   ★ 아침독서 청소년 추천도서

46. 방울새는 울지 않는다 박윤규 지음

5·18이라는 역사적 사건을 배경으로 그려지는 명창 소녀 '방울'과 고수 '민혁'의 안타까운 사랑 이야기. 슬픈 현대사를 정면으로 바라보고 올바르게 판단할 수 있는 용기를 준다.

★학교도서관저널 추천도서　★한국문화예술위원회 우수문학도서

47. 악어에게 물린 날 이장근 지음

현직 중학교 교사인 시인이 청소년과 함께 호흡하면서 체험한 담백하고 직설적인 언어가 공감을 불러온다. 청소년들 질풍노도가 마음껏 활개 칠 수 있도록 기운을 북돋는 청소년시집.

★책따세 추천도서　★대한출판문화협회 올해의 청소년도서　★어린이도서연구회 청소년 권장도서

48. 찢어, Jean 문부일 지음

아르바이트, 집단 따돌림 등 청소년들이 공감할 수 있는 일곱 편의 이야기가 담겼다. 현실에 갇혀 사는 청소년들의 일탈을 유쾌하면서도 진정성 있게 담았다.

★아침독서 청소년 추천도서　★한국문화예술위원회 우수문학도서

49. 불량한 주스 가게 유하순 외 지음

실수와 시행착오를 반복하다가 돌연 성장의 분기점을 지나는 청소년들의 '오늘'을 포착했다. 좌절과 반성의 언어조차 싱그러운 청소년들을 응원하게 만드는 네 편의 단편소설 모음.

★제9회 푸른문학상 수상작　★아침독서 청소년 추천도서　★네이버 북리펀드 선정도서

50. 신기루 이금이 지음

엄마와 엄마 친구들과 함께 몽골 사막 여행을 떠난 열다섯 다인이가 보낸 6일간의 여정을 통해 또 다른 생명의 고리로 순환되는 모녀 관계에 대한 고찰을 여행기 형식으로 그렸다.

★네이버 북리펀드 선정도서　★서울시립어린이도서관 추천도서　★아침독서 청소년 추천도서

51. 우리들의 매미 같은 여름 한 결 지음

섭식장애를 앓고 있는 모녀, 성추행, 보이콧 등 청소년들이 겪는 지독하게 뜨겁고 아픈 이야기가 담겨 있다. 청소년들이 자신 그리고 세상과 화해하는 여정을 솔직담백하게 그렸다.

★한국문화예술위원회 우수문학도서　★네이버 북리펀드 선정도서

52. 모래시계가 된 위안부 할머니 이규희 지음

일본군 위안부로 끌려가 꽃다운 처녀 시절을 유린당한 황금주 할머니의 실제 이야기를 김은비라는 소녀의 이야기와 엮어 액자 형식으로 쓴 소설로, 일본어로도 번역 출간되었다.

★국제펜문학상 수상작　★학교도서관저널 추천도서　★경기도교육청 추천도서

53. 까레이스키, 끝없는 방랑 문영숙 지음

소련의 강제 이주 정책으로 시베리아 횡단 열차를 탔던 17만여 명의 까레이스키들의 고난과 역경, 도전과 설움을 절절하게 그린 역사소설이다.

★한국문화예술위원회 우수문학도서　★아침독서 청소년 추천도서　★한우리가 선정한 좋은 책

54. 나는 랄라랜드로 간다 김영리 지음

기면증을 앓는 소년과 그의 가족이 게스트하우스를 사수하기 위해 펼치는 소동을 재기 발랄하게 그렸다. 절망 속에서도 웃으며 싸울 줄 아는 청춘의 싱그러운 맨얼굴이 돋보인다.

★제10회 푸른문학상 수상작　★아침독서 청소년 추천도서　★한국문화예술위원회 우수문학도서

55. 열다섯, 비밀의 방 장미 외 지음

영혼의 도플갱어를 찾아 헤매는 외로운 청소년의 자화상이 네 편의 단편소설 속에 어우러져 있다. 청소년들의 내면의 목소리들이 조화롭게 어우러져 다양한 빛깔의 공명음을 들려준다.
★제10회 푸른문학상 수상작 ★학교도서관사서협의회 추천도서

56. 눈썹 천주하 지음

암에 걸려 1년 4개월 동안 치료를 받던 열일곱 살 소녀가 일상으로 돌아온 뒤의 이야기를 담고 있다. 가족과 친구, 일상이 얼마나 가치 있는 것인지를 새삼 깨우쳐 준다.
★국립어린이청소년도서관 사서 추천도서 ★한국문화예술위원회 우수문학도서 ★아침독서 추천도서

57. 나는 지금 꽃이다 이장근 지음

청소년들의 삶을 제대로 들여다보고 마음을 헤아리는 시 창작 과정을 통해 나온 본격적인 청소년을 위한 시로, 삶이 점점 피폐해지고 있는 청소년들의 마음을 어루만져 준다.
★문화체육관광부 우수교양도서 ★어린이도서연구회 청소년 권장도서 ★학교도서관저널 추천도서

58. 우리들의 사춘기 김인해 지음

겉으로 잘 드러나지 않는 소년들의 감성을 날카롭게 포착하여 진술하고 강렬하게 그려낸 '소년들을 위한' 소설집. 표제작을 비롯한 여섯 편의 단편청소년소설을 담고 있다.
★국립어린이청소년도서관 사서 추천도서 ★한국문화예술위원회 우수문학도서

59. 여우 소녀 미랑 김자환 지음

조선시대 임진왜란 발발 즈음의 여수 지방을 배경으로, 구미호에게 아버지를 잃은 묘남과 구미호의 딸 여우 소녀 미랑의 애틋한 사랑 이야기를 담고 있다.
★새벗문학상 수상작가

60. 얼음이 빛나는 순간 이금이 지음

아이와 어른의 경계에서 몸살을 앓던 두 소년이 5년 뒤 전혀 다른 풍경을 띠게 된 각자의 삶을 응시한다. 우연으로 시작해 선택으로 이루어지는 인생의 내밀한 진실을 담았다.
★윤석중문학상 수상작가 ★학교도서관저널 추천도서

61. 택배 왔습니다 심은경 지음

질풍노도를 겪는 청소년과 그의 가족, 친구, 사회의 풍경을 그린 여섯 편의 단편청소년소설. 건강하게 자립하고 따뜻하게 소통할 줄 아는 인물들의 모습에서 희망을 엿볼 수 있다.
★한국문화예술위원회 우수문학도서 ★학교도서관저널 추천도서 ★아침독서 청소년 추천도서

62. 똥통에 살으리랏다 최영희 외 지음

팍팍한 사회 현실 속 청소년들의 고민을 각기 다른 개성으로 그린 네 편의 단편청소년소설을 묶었다. 부조리한 사회와 욕망을 관찰하고 풍자하는 이야기가 공감을 불러일으킨다.
★제11회 푸른문학상 수상작 ★아침독서 청소년 추천도서 ★국립어린이청소년도서관 사서 추천도서

63. 나에게 속삭여 봐 강숙인 지음

어느 날 갑자기 죽음을 맞이한 열일곱 살 소년 서준과 혼령의 기를 느끼는 소녀 아리 그리고 서준의 쌍둥이 여동생 유주가 각자의 방법으로 성장해 나가는 청소년 판타지소설.
★윤석중문학상 수상작가 ★학교도서관저널 추천도서

64. 아버지의 알통 박형권 지음

촌스러운 아빠와 바닷가 마을에 살게 되면서 정직하게 일하는 사람들을 만나며 한층 성장해 가는 주인공의 이야기가 유쾌한 감동을 선사한다.
★한국안데르센상 수상작가

65. 나는 나다 안오일 지음

청소년들에게 자신의 꿈이 무엇인지 알게 해 주어 스스로 자신의 삶에 당당하게 맞서는 모습을 보고 싶다는 작가의 바람을 담은 청소년시 57편이 실려 있다.
★제8회 푸른문학상 수상작가

66. 순희네 집 유순희 지음

순희네 집에 얽힌 가슴 아프지만 따뜻한 이야기와 성장통을 겪는 순희의 모습을 작가 특유의 섬세한 문장 안에 담아낸 자전적 소설이다.
★제14회 MBC 창작동화대상 수상작 ★제8회 푸른문학상 수상작가 ★한국출판문화산업진흥원 선정 세종도서

67. 첫 키스는 엘프와 최영희 지음

제11회 푸른문학상 수상작가의 첫 청소년소설집으로, 미래에 대한 압박감에 갇혀 십 대 시절을 보내는 오늘의 청소년들에게 부치는 편지 같은 소설 여섯 편을 묶었다.
★제11회 푸른문학상 수상작가 ★아침독서 청소년 추천도서 ★어린이도서연구회 청소년 권장도서

68. 숨은 길 찾기 이금이 지음

이금이 작가의 대표작 『너도 하늘말나리야』의 두 번째 후속작으로 소희의 욕망과 아픔을 다룬 『소희의 방』에 이어 달밭마을에 남은 미르와 바우의 사랑과 꿈을 섬세하게 그려 낸 성장소설이다.
★소천아동문학상 수상작가 ★한국출판문화산업진흥원 선정 세종도서

69. 스키니진 길들이기 김정미 외 지음

아직 미완성인 '나'의 정체성을 찾기 위해 고군분투하는 청소년들의 모습을 그린 네 편의 단편청소년소설이 실려 있다. 청소년이라면 누구나 고민해 봤을 만한 이야기가 공감을 불러일으킨다.
★제12회 푸른문학상 수상작 ★한국출판문화산업진흥원 선정 이달의 책 ★아침독서 청소년 추천도서

70. 나는 블랙컨슈머였어! 윤영선 외 지음

우리 사회를 바라보는 날카로운 시선과 따뜻한 유머가 다채롭게 어우러진 네 편의 청소년소설을 엮었다. 삭막한 현실 속에서도 당당히 자신의 길을 가는 청소년들의 이야기가 매력적이다.
★제12회 푸른문학상 수상작

71. 우리는 가족일까 유니게 지음

5년 만에 엄마의 부고와 함께 미국에서 돌아온 동생으로 인해 방황하는 열일곱 살 소녀의 성장기를 그렸다. 고통스러운 시간을 함께 이겨 내는 가족의 소중함을 다시금 일깨워 준다.
★한국출판문화산업진흥원 선정 세종도서 ★서울시교육청 어린이도서관 청소년 권장도서

72. 사과를 주세요 진희 외 지음

꿈과 현실 사이에서 당차게 자신의 길을 찾아 나선 청소년들의 삶을 이야기하는 네 편의 청소년소설이 실려 있다. 찬란하게 빛나는 청소년들의 굳건한 의지와 신념이 유쾌하고 따뜻한 시선으로 그려진다.
★제13회 푸른문학상 수상작 ★한국출판문화산업진흥원 선정 세종도서

73. 신라 공주 파라랑 김정 지음

고대 페르시아 서사시 「쿠쉬나메」의 시공간을 배경으로 한 역사소설. 낯선 이국 땅 페르시아로 건너가 사랑으로 고난을 극복하는 신라 공주 파라랑의 삶은 희망이라는 인간 본연의 메시지를 전한다.

★제1회 푸른문학상 수상작가 ★학교도서관저널 추천도서

74. 옥상에서 10분만 조규미 지음

제10회 푸른문학상 수상작가의 첫 청소년소설집으로, 관계 속에서 사소한 말이나 장난이 큰 사건이 되어 돌아왔을 때 겪게 되는 고민과 갈등을 섬세하게 다룬 소설 다섯 편을 묶었다.

★제10회 푸른문학상 수상작가 ★아침독서 청소년 추천도서

75. 별에서 별까지 신형건 지음

지난 30여 년간 아이들과 어른들 모두에게 사랑받는 동시를 써 온 시인의 작품 중 특별히 청소년들에게 공감을 살 만한 시들을 골라 엮었다. 자극적이지 않은 언어로 마음을 어루만지는 청소년시집.

★대한민국문학상 수상작가 ★한국출판문화산업진흥원 청소년 권장도서

76. 뱅뱅 김선경 지음

어른들은 몰라서 더 재미있는 진짜 우리 이야기, 지금 청소년들의 속마음을 거침없이 그려 낸 개성 강한 청소년시집. 긴 방황의 끝에서 진정한 자신을 찾기를 바라는 시인의 바람이 담겼다.

★제11회 푸른문학상 수상작가 ★어린이도서연구회 청소년 권장도서 ★아침독서 청소년 추천도서

77. 우리들의 실연 상담실 이수종 지음

실연 극복 프로젝트에 참가하는 다섯 명의 아이들이 서로를 보듬으며 사랑의 아픔을 극복하는 과정을 담았다. 청소년들의 마음결을 다독이는 위로의 목소리는 다시 사랑할 에너지를 불어넣는다.

★제12회 푸른문학상 수상작가

78. 연애 세포 핵분열 중 김은재 지음

꽃보다 아름다운 열일곱 살 청춘들이 진정한 사랑을 찾기 위해 나섰다. 아름다운 사랑을 꿈꾸지만, 사랑에 서툴러 좌충우돌, 고군분투하는 청소년들의 성장을 그린 여섯 편의 청소년소설을 한데 엮었다.

★제13회 푸른문학상 수상작가 ★학교도서관저널 추천도서

＊〈푸른도서관〉 시리즈는 계속 나옵니다!